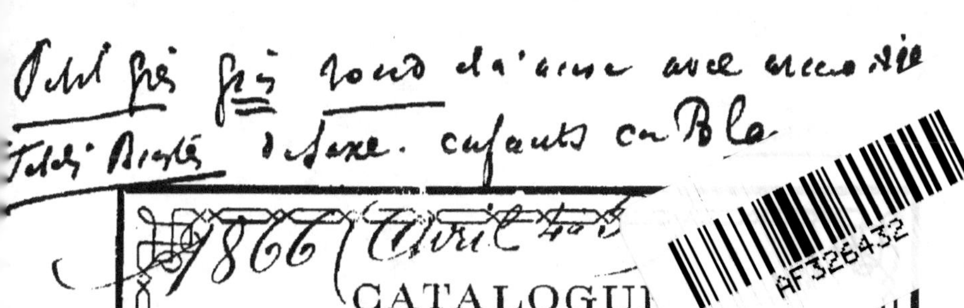

CATALOGUE

D'OBJETS D'ART

ET

D'AMEUBLEMENT

Bronzes et Meubles Louis XIII, Louis XIV, Louis XV et Louis XVI ; Argenterie ancienne ; Bronzes italiens du XVIᵉ siècle ; Ivoires et Bois sculptés ; Émaux de Limoges ; Faïences françaises et italiennes ; Verroterie de Venise ; Porcelaines de Chine et de Saxe ; **Lustres** en cristal de roche et de Bohême ; **Groupe en marbre ; Tapisseries anciennes.**

TABLEAUX ANCIENS & MODERNES

Le tout provenant des Collections du baron de V***
et du comte de L***

DONT LA VENTE AUX ENCHÈRES PUBLIQUES AURA LIEU

HOTEL DROUOT, SALLE Nº 1

Les Mercredi 4 & Jeudi 5 Avril 1866, à une heure.

Par le ministère de Mᵉ **CHARLES PILLET**, Commissaire-Priseur,
rue de Choiseul, 11,
Assisté de M. **DHIOS**, Expert, rue Le Peletier, 33,
Chez lesquels se délivre le présent catalogue.

EXPOSITION PUBLIQUE

Le MARDI 3 Avril 1866, de une heure à cinq heures.

PARIS

RENOU & MAULDE

Imprimeurs de la Compagnie des Commissaires-Priseurs

RUE DE RIVOLI, 144

1866

CATALOGUE

D'OBJETS D'ART

ET

D'AMEUBLEMENT

Bronzes et Meubles Louis XIII, Louis XIV, Louis XV et Louis XVI ; Argenterie ancienne ; Bronzes italiens du xvie siècle ; Ivoires et Bois sculptés ; Émaux de Limoges ; Faïences françaises et italiennes ; Verroterie de Venise ; Porcelaines de Chine et de Saxe ; **Lustres** en cristal de roche et de Bohême ; **Groupe en marbre ; Tapisseries anciennes.**

TABLEAUX ANCIENS & MODERNES

Le tout provenant des Collections du baron de V***
et du comte de L***

DONT LA VENTE AUX ENCHÈRES PUBLIQUES AURA LIEU

HOTEL DROUOT, SALLE N° 1

Les Mercredi 4 & Jeudi 5 Avril 1866, à une heure.

Par le ministère de Me **CHARLES PILLET**, Commissaire-Priseur,
rue de Choiseul, 11,
Assisté de **M. DHIOS**, Expert, rue Le Peletier, 33,
Chez lesquels se délivre le présent catalogue.

EXPOSITION PUBLIQUE

Le MARDI 3 Avril 1866, de une heure à cinq heures.

PARIS

RENOU & MAULDE

Imprimeurs de la Compagnie des Commissaires-Priseurs
RUE DE RIVOLI, 144

1866

CONDITIONS DE LA VENTE

Elle se fera au comptant.

Les adjudicataires paieront CINQ centimes par franc, applicables aux frais.

DÉSIGNATION

DES OBJETS

----

1 — Deux beaux chenets italiens en bronze, ornés chacun d'une figure de femme debout, reposant sur un vase orné de têtes de chérubins en relief. Leur base est formée de deux dauphins servant de supports à une tête de génie en relief et à deux figurines d'enfants en ronde-bosse.

> Haut. 68 c.

2 — Deux chenets vénitiens du XVIᵉ siècle, en forme de balustre, sur base triangulaire.

> Haut. 60 c.

3 — Très-beau buste en bronze représentant l'empereur Napoléon Iᵉʳ et ayant été le modèle de la statue surmontant la colonne Vendôme.

4 — Bronze florentin représentant l'enlèvement d'Europe. Très-beau travail du XVIᵉ siècle (collection Visconti).

5 — Bronze d'art représentant deux chiens en arrêt sur une perdrix. Modèle devenu rare.

5 bis. — Cloche à main en cuivre et bronze, portant ces mots : *ciprianus crous is N° 1744*, et ornée d'un écusson à cimier.

6 — Très-belle garniture en émail japonais ancien et composée d'un brûle-parfums, à anses recourbées, et de deux vases à anses.

7 — Bénitier en faïence ancienne à sujets très-finement ornés.

8 — Deux très-jolis vases bleu foncé à fleurs d'or rehaussé de couleurs vives.

9 — Pendule en bois de chêne et à ornements d'acier. Excellent mouvement.

10 — Éventail chinois, d'un travail à jour très-fin et représentant des personnages et des animaux.

11 — Étui persan pouvant servir pour éventail, ou boîte à ouvrage.

12 — Vase de forme droite en verre vert avec pièces de rapport en saillie.

13 — Petit vase de forme ovoïde en verre vert avec pied à jour.

14 — Verre de Venise à large pied, très-léger.

15 — Verre allemand finement gravé et représentant un écusson à cimier et des personnages fantastiques.

16 — Beau verre de Bohême rouge, à sujets de chasse creusés et finement gravés.

17 — Pot de grès de Flandre, orné de trois rosaces à armoiries allemandes.

17 bis. — Bouteille en grès à fond bleu de roi.

18 — Très-beau plat à poisson avec plaque percée de trous pour l'écoulement de l'eau. Porcelaine de Chine à riches dessins de fleurs et de poissons.

19 — Trois porte-allumettes en porcelaine de Chine.

20 — Belle assiette de Chine à fleurs et papillons

21 — Très-belle tasse à bouillon et sa soucoupe ornées de fleurs et de coqs très-finement peints.

22 — Théière en terre rouge à ornements de fleurs en relief et dorées.

23 — Belle boite à ouvrage en laque de Chine verte à ornements de fleurs.

24 — Boîte à double fonds en laque de Chine noire ornée d'appliques d'or.

25 — Deux soucoupes et une boîte à couvercle en laque noire à fleurs et paysages d'or.

26 — Petite table à pieds recourbés en laque de Chine ornementés très-finement.

27 — Deux petits vases bleus à fleurs d'or et petit pot au lait à fleurs.

28 — Médaille commémorative en argent, frappée en l'honneur des plus célèbres victoires de l'empire. Cette médaille forme boîte et contient dix-huit gravures représentant les batailles gagnées.

29 — La Sainte Bible mise en vers par J.-P.-J. du Bois, 1762. Petit ouvrage fort curieux orné de dix gravures très-fines.

30 — Deux baguiers en porcelaine de Saxe à fleurs en relief intactes et représentant 'des sujets Louis XV.

31 — Plateau en laque rouge.

32 — Deux couteaux espagnols et un couteau persan à fourreau en argent.

33 — Une cassolette en or formant bateau.

34 — Tabatière en marbre garnie d'or.

35 — Brosse.

36 — Porcelaine anglaise.

37 — Une très-belle couverture piquée de soie pouvant servir de portière, de tenture ou de couverture de billard.

38 — Une portière doublée en soie rayée ancienne.

39 — Une très-belle gravure, avant la lettre, de Napoléon, par Paul Delaroche.

40 — Une très-belle gravure, avant la lettre, du Christ, par Paul Delaroche.

41 — Deux tasses en porcelaine de Sèvres.

42 — Un bol en porcelaine très-fine, ornementée d'arabesques et chauves-souris d'or et de couleur.

43 — Cafetières en Sèvres très-fine.

44 — Six petites cuillers très-fines en Saxe.

45 — Tasse à bouillon avec ouvercle en porcelaine du Japon, de couleur très-belle.

46 — Quatre tasses d'une grande finesse en porcelaine du Japon à fleurs avec soucoupes et couvercles.

47 — Deux tasses en porcelaine transparente d'une finesse exquise, blanche à fleurs.

48 — Deux petites tasses à dessins d'or et représentant des oiseaux d'or.

49 — Deux petites tasses dont l'une à couvercle représente des oiseaux et l'autre un éléphant monté par un personnage qui tient un cerf-volant.

50 — Très-jolie tasse à pans coupés d'un travail très-fin et représentant des fleurs.

51 — Un escabeau-chaise portant les armes d'Anne de Bretagne.

52 — Quatre fauteuils du temps de Louis XVI, en bois doré, couverts en damas, dessins rocaille.

53 — Un canapé et six fauteuils Louis XV en bois peint et doré, couverts en damas jaune, dessins à ramages blancs.

54 — Deux garnitures de fenêtres : quatre rideaux, galeries et embrasses, même étoffe.

55 — Une table Louis XVI en bois doré, avec marbre brèche violette.

56 — Une glace Louis XIV, avec fronton représentant l'apothéose de Louis XIV, bois sculpté et doré.

57 — Un grand fauteuil Louis XIII en bois sculpté, couvert en tapisserie.

58 — Un autre fauteuil en bois noir, couvert en tapisserie.

59 — Une paire de chenets Louis XV avec groupes d'animaux : lion et griffon, chien et canard.

60 — Une paire de bras, grand modèle, Louis XV, à deux lumières, en bronze doré.

61 — Autre paire plus petits.

62 — Lustre à huit lumières en cristal de roche et de Bohême, monture en fer doré.

63 — Petit cabinet italien en ébène incrusté d'ivoire.

64 — Deux girandoles en bronze ciselé et doré du temps de Louis XVI.

65 — Deux jolis candélabres à trois lumières, avec bouquet d'œillets ; les branches sont supportées par un vase, forme bouteille, bleu-lapis de Chine, avec anses formées de têtes de jeunes femmes ; le vase est posé sur un socle à quatre pieds ; bronzes très finement ciselés dorés du temps de Louis XVI.

66 — Pendule Louis XIV en marqueterie de cuivre sur écaille, avec son support ; bronzes ciselés et dorés.

67 — Coffret vénitien entièrement couvert d'incrustations d'ivoire.

68 — Poire à poudre en ivoire sculpté, représentant une chasse.

69 — Statuette. La Vierge et l'Enfant Jésus ; bronze italien.

70 — Médaillon ovale représentant un Amour, **en** biscuit de Sèvres, avec cadre Louis XVI.

71 — Flambeaux Louis XVI, bronze doré.

72 — Flambeaux Louis XV, bronze ciselé et doré.

73 — Buste de la Vierge, plaque en émail de Limoges, signé Laudin.

74 — La Vierge et l'Enfant Jésus, plaque ovale en émail de Limoges, peinte en grisaille.

75 — Porte-huilier en argent, du temps de Louis XVI.

76 — Porte-liqueurs en argent, de la même époque.

77 — Grande cafetière en argent, posée sur trois pieds à coquille.

78 — Commode Louis XV, en marqueterie de bois, ornée de bronzes dorés ; marbre brèche d'Alep.

79 — Petit cabinet en marqueterie de bois, époque Louis XIII.

80 — Bénitier Louis XIV, en bronze doré.

81 — Cartel Louis XV, en bronze doré.

82 — Deux bras appliques du temps de Louis XIII.

83 — Toilette en marqueterie de bois du temps de Louis XVI.

84 — Petite console-support, formée de deux caryatides et d'une figure du temps, bois sculpté et doré, époque Louis XIV.

85 — Grande et belle pendule Louis XV, en marqueterie de cuivre sur écaille, ornée de jolis bronzes dorés : Dragons ailés et caryatides. **Dans le haut, figure de l'Amour.**

86 — Lustre à huit lumières en cristal de roche et de Bohême.

87 — Grand cartel Louis XVI, en bronze doré.

88 — Deux bras à trois lumières, en bronze doré, Louis XVI.

89 — Deux autres à têtes de bouc.

90 — Plaque en faïence italienne : distribution de vivres (ovale).

91 — Cartel Louis XVI, bronze ciselé et doré, orné d'une figure: Enfant tenant un sablier.

92 — Un cartel rocaille Louis XV avec grappes de raisin.

93 — Six chaises Louis XVI, en bois peint.

94 — Bois de lit Louis XVI, ornement et couronnement, en bois sculpté.

95 — Commode Louis XV, bois de marqueterie et bronzes dorés.

96 — Pendule Louis XV, en bois noir et bronze.

97 — Une table en bois de chêne sculpté, du temps de Louis XIII.

98 — Une petite pendule forme religieuse, bois noir et ornements en bronze.

99 — Une stalle gothique en bois sculpté.

100 — Sainte, plaque en émail de J. Laudin.

101 — Bénitier, émail de Nouailler.

102 — Bas-relief en bronze ciselé : Martyre de Saint-Etienne; travail italien.

103 — Deux vases en porcelaine du Japon, montés en bronze.

104 — Une pendule et deux candélabres en bronze, style Louis XVI.

105 — Deux candélabres : Enfants portant des girandoles ; style Louis XVI.

106 — Deux bras-appliques Louis XVI en bronze doré.

107 — Quatre miroirs en verroterie de Venise, formant appliques avec lumières.

108 — Pot et cuvette en porcelaine de Saxe, décors à fleurs.

109 — Deux petits bustes en porcelaine blanche de Saxe.

110 — Une plaque en faïence italienne, avec grand nombre de figures.

111 — Deux vases en porcelaine craquelée.

112 — Petite pendule en bronze doré, ornée de figures en porcelaine de Saxe ; style rocaille.

113 — Deux chenets bronze rocaille.

114 — Deux pistolets Louis XIV, avec ornements en fer ciselé.

115 — Un pistolet, avec ornements en fer ; même époque.

116 — Deux pots à anses en blanc de Saxe avec oiseaux en relief.

117 — Cartel Louis XV en bronze doré.

118 — Grand cartel, style Louis XIV.

119 — Régulateur Louis XV, cage en bois de placage, orné de bronze doré, du nom de *Jules Leroy*.

120 — Cabinet italien en ébène, incrusté d'ivoire.

121 — Une jolie pendule droite en marqueterie, genre Boule, ornée de bronzes.

122 — Deux girandoles Louis XVI, bronze doré et cristal.

123 — Deux cornets en faïence d'Urbino, monture en bois sculpté.

124 — Tapisseries anciennes d'Aubusson pour garnir douze fauteuils : sujets tirés des fables de La Fontaine.

125 — Un très-beau groupe d'Amours en marbre blanc.

126 — Quatre tapisseries, décor à fleurs et oiseaux.

127 — Deux autres à personnages, de Flandre.

128 — Deux autres, représentant des sujets bibliques, avec riches bordures et d'une très belle conservation.

129 — Un écran Louis XIII, avec sa tapisserie.

130 — Une serrure ancienne.

131 — Un lustre en bronze doré à douze lumières, garni de cristaux de roche en forme de poires.

132 — Une paire de consoles en faïence italienne.

133 — Deux plats, ancienne faïence de Venise, à reliefs.

134 — Deux jardinières, bois de rose et bronze.

135 — Trois fauteuils Louis XIV, avec leurs tapisseries.

136 — Un cadre contenant cinq carreaux en faïence.

137 — Un autre cadre contenant trois autres carreaux du même genre.

138 — Deux plats en porcelaine du Japon.

139 — Une paire de vases, ancienne faïence de Trévise.

140 — Un petit cadre Renaissance, bronze doré et argenté.

TABLEAUX ANCIENS

BELLIN (Ecole de J.).

141 — La Vierge et l'Enfant Jésus.

BERGHEM.

142 — Pâtre gardant un troupeau de vaches et de moutons.

BOUCHER (F.).

143 — Baigneuse.

CALLQT.

144 — Deux batailles.

CARLE VERNET.

145 — Sujet de chasse, grand dessin à la sépia.

COYPEL.

146 — Le Triomphe d'Amphytrite.

COYPEL.

147 — Suzanne et les vieillards.

DYCK (Ecole de VAN).

148 — Portrait d'homme.

GRYFF.

149 — Chiens gardant du gibier.

GUERCHIN.

150 — Allégorie.

GUARDI (Ecole de).

151 — Quatre vues des Lagunes de Venise.

HUET (J.-B.)

152 — Le Berger entreprenant.

Jolie composition de forme ovale.

LAGRÉNÉE.

153 — Repos de Diane.

LAWRENCE, 1784.

154 — Pastorale, dessin mêlé d'aquarelle.

OTTO MARCELLIS.

155 — Plantes, papillons et insectes.

PARMESAN.

156 — Mariage mysthique de sainte Catherine.

SALVATOR ROSA.

157 — Marine, tempête.

VAN STRY.

158 — Animaux au pâturage.

TILBORG.

159 — La Partie de cartes.

160 — Scène d'intérieur, concert.

161 — Réunion de famille.

WEENIX (J.-B.).

162 — Perdrix attachée par une patte.

WOLGHEMUTH.

163 — Le Christ descendu de la croix, entouré des Saintes Femmes.

ÉCOLE ANGLAISE.

164 — Nymphe et Amour.

Jolie miniature sur ivoire.

ÉCOLE ALLEMANDE

165 — Scène du Déluge,

ÉCOLE ITALIENNE.

166 — Sujet biblique.

167 — Tête de jeune fille.

TABLEAUX MODERNES

A. BOULARD, Rome 1864.

168 — Femme nue couchée surprise par un satyre.

169 — Prométhée dévoré par un vautour (Esquisse).

170 — Paysage, campagne de Rome (Esquisse).

CORNILLIET, 1857.

171 — Salvator Rosa peignant une scène de brigands au milieu des montagnes.

H. LECOMTE, 1818.

172 — Bergers gardant des bestiaux.

VAN DE VINTER, 1849.

173 — Marine.

ZIEM.

174 — Paysage, crépuscule.

175 — Objets omis.

Renou et Maulde, Imprimeurs de la Compagnie des Commissaires-Priseurs, rue de Rivoli, 144.   51102

RED.:

17

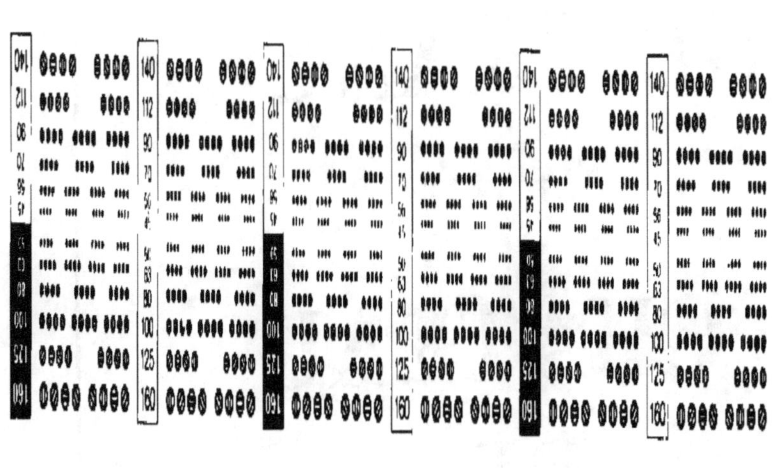

MIRE ISO N° 1
NF Z 43-007
AFNOR
Cedex 7 - 92080 PARIS-LA-DÉFENSE
379.89.70
graphicom

0 1 2 3 4 5 6 7 8 9 10

BIBLIOTHEQUE NATIONALE DE FRANCE

****

CHATEAU DE SABLE

1995